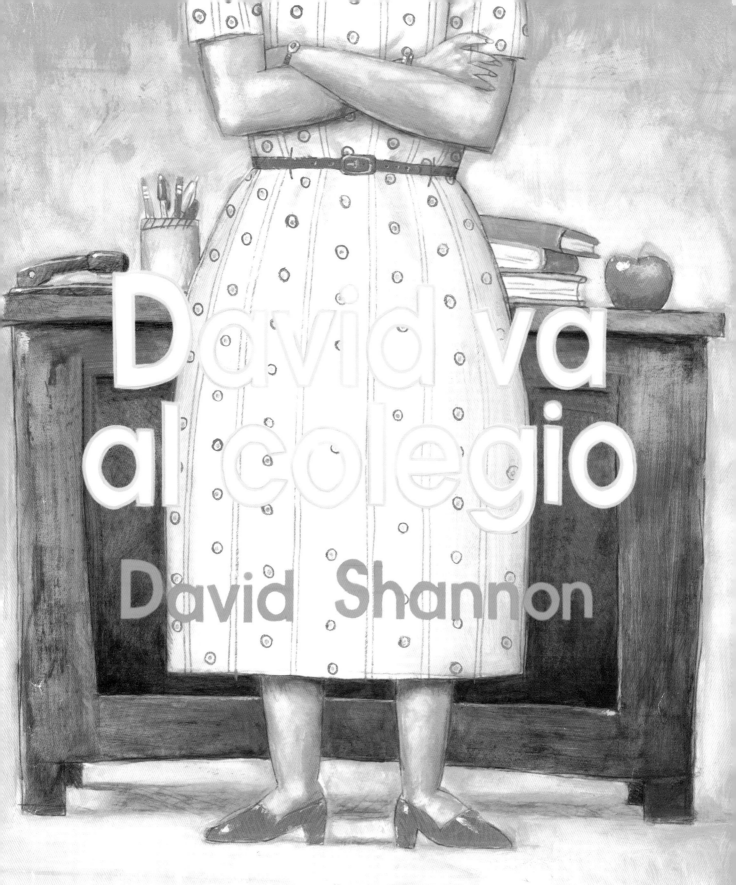

David va al colegio

David Shannon

Traducido por Teresa Mlawer

everest

NOTA DEL AUTOR

Hace algunos añvos, mi madre me envió un libro que
yo había hecho cuando era niño. Todo el texto consistía
en dos palabras: *no* y *David*, las únicas palabras que yo
sabía escribir, y estaba ilustrado con dibujos de David
haciendo toda clase de travesuras. Pensé que sería
divertido recrear el texto para conmemorar
las innumerables veces que las mamás dicen *no*.
Esta nueva versión se llamó *¡No, David!*

Pero David se ha metido otra vez en problemas. Ahora
es su maestra la que le dice *¡No, David!* Tal parece que
los niños no han cambiado mucho con el correr de
los años ni tampoco los reglamentos de las escuelas,
algunos de los cuales datan desde mucho antes del
invento de las zapatillas de deporte.

Por supuesto que *sí* es una palabra estupenda... pero *sí*
no evita que los niños corran por los pasillos.

Para la Sra. Harms, la señorita Deffert, la Sra. Miller,
el Sr. Helpingstine, el Sr. Watson, la Sra. Williams,
el Sr. McDougal y, por supuesto, para Heidi.

Título original: *David goes to school*
Traducción: Teresa Mlawer

SEXTA EDICIÓN

Copyright © 1999 by David Shannon. All rights reserved. Published by
arrangement with Scholastic Inc,. 555 Broadway,
New York, NY 10012, USA
© EDITORIAL EVEREST, S.-A., para la edición española
Carretera León-La Coruña, km. 5 - LEÓN
ISBN: 978-84-241-5886-5
Depósito Legal: LE. 739-2008
Printed in Spain - Impreso en España

EDITORIAL EVERGRÁFICAS, S. L.
Carretera León-La Coruña, km. 5
LEÓN (España)
Atención al cliente: 902 123 400
www.everest.es

La profesora de David siempre decía…

¡NO, DAVID!

No grites.
No empujes.
No corras
por los pasillos.

¡David.

$\frac{}{9}$

$7 + 3 = 10$

$+2 =$

¡Siéntate,

$4 + 4 = 7?$

14

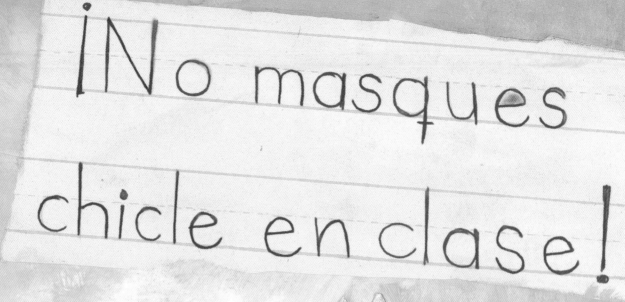

Agosto

Octubre

Diciembre

Noviembre

¡Levanta la

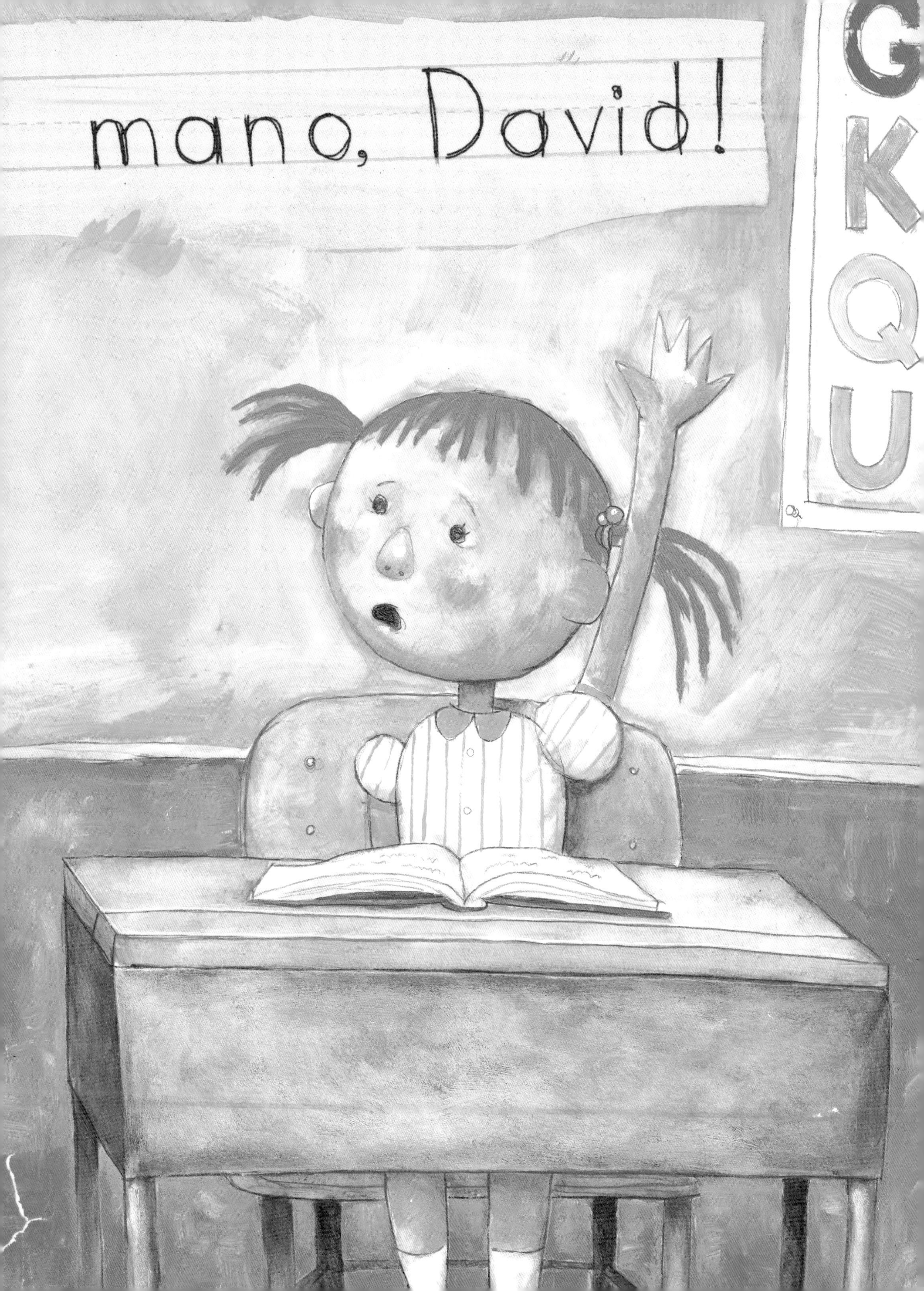
mano, David!
G
K
Q
U

¡No toques a nadie

¡David, espera

tu   Turno!

¡de quién es la culpa!

¡David!

¡El recreo ya se acabó!

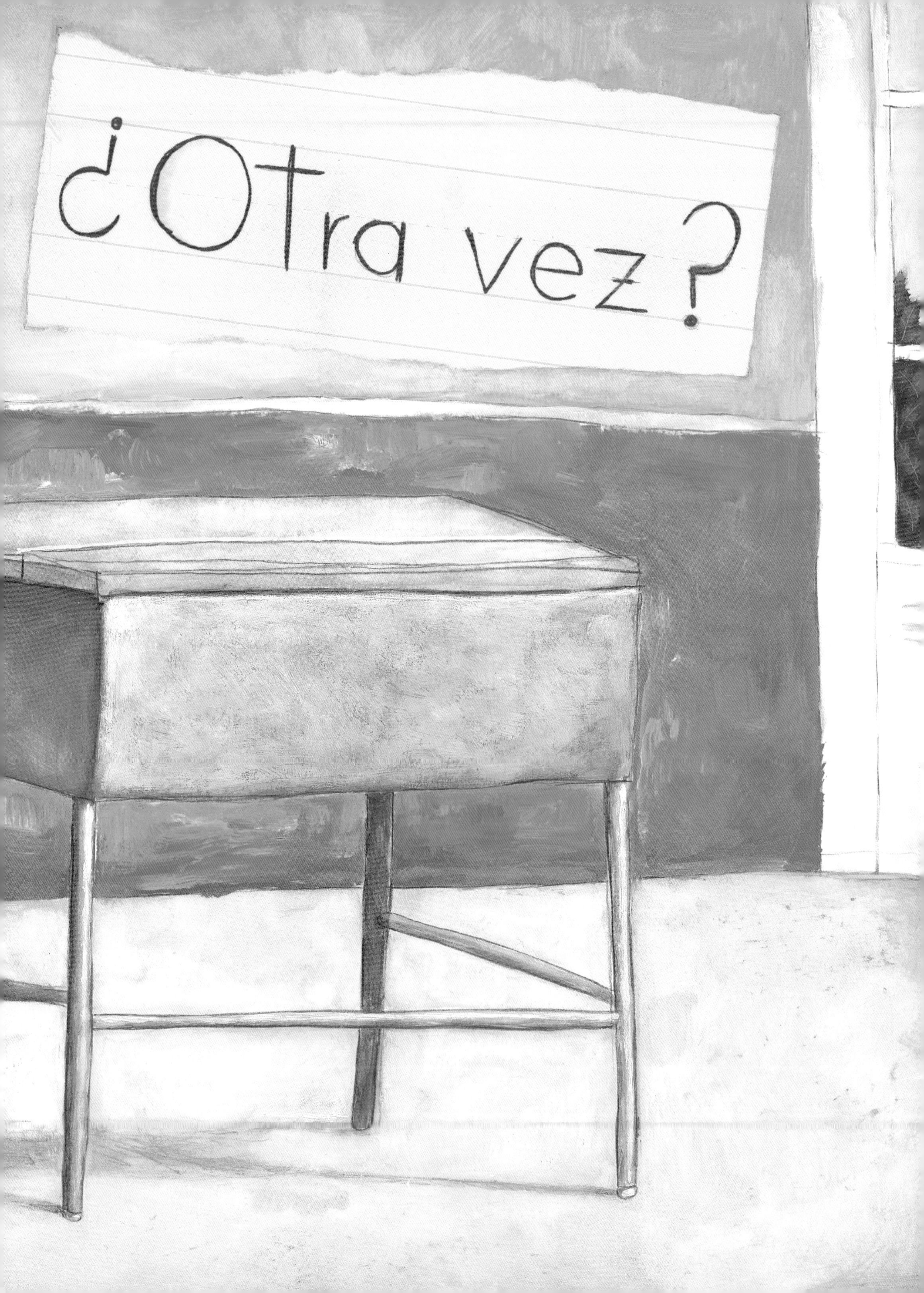
¿Otra vez?

¿David, ya

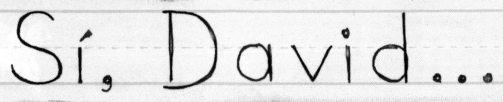

Sí, David...

ya puedes irte a casa.